DANILOWA,

OPÉRA-COMIQUE EN TROIS ACTES;

Paroles

DE MM. VIAL ET PAUL DUPORT,

MUSIQUE

DE M. ADOLPHE ADAM.

REPRÉSENTÉ POUR LA PREMIÈRE FOIS,
A PARIS, SUR LE THÉATRE DE L'OPÉRA-COMIQUE,
LE 23 AVRIL 1830.

A PARIS,

CHEZ J.-N. BARBA, PALAIS-ROYAL,

GRANDE COUR, DERRIÈRE LE THÉATRE FRANÇAIS.

—

1830.

PERSONNAGES.

Le Comte WORONSKI, seigneur russe.	M. Moreau-Sainti.
DELMAR, officier français*.	M. Lemonnier.
DANILOWA, jeune artiste.	Mme Pradher.
ELISKA, jeune esclave affranchie par le Comte.	Mme Casimir.
La Princesse SÉLOMIR, cousine du comte.	Mme Lemonnier.

(Du nombre de celles qui portent en Russie le titre de princesse sans en tenir le rang.)

TOUKOUSOF, chef des Mougicks du comte.	M. Féréol.

Seigneurs et Dames de la cour invités à la fête.

Élèves de Danilowa.

Un Domestique de Danilowa.

Écuyers et Valets de pied de l'impératrice.

Serfs et Serves du domaine de Woronski.

———

La scène se passe, au premier acte, à Saint-Pétersbourg, dans la maison de Danilowa.

Aux deuxième et troisième actes, dans le château du comte, à trois werstes de la capitale.

L'action a lieu sous le règne de Catherine II.

La mise en scène est prise de la gauche des spectateurs, l'acteur n. r tient la droite du théâtre.

———

La donnée première de cette pièce n'est point une fiction : il y eut, en effet, à Saint-Pétersbourg, au commencement de ce siècle, une jeune artiste, nommée DANILOWA, que plusieurs Français, qui ont voyagé en Russie à cette époque, se souviennent d'y avoir connue, et dont ils s'accordent à vanter les talens et l'aimable caractère. Elle était esclave de la couronne. La fierté, étrangère aux mœurs de son pays, qui s'était développée en elle avec le génie des arts, lui rendit insupportable l'humiliante dépendance de sa condition. Elle sollicita vivement sa liberté auprès de l'empereur Alexandre ; mais ce prince, tout en ordonnant qu'elle fût traitée avec égards, refusa toujours de l'affranchir ; et elle mourut à la fleur de l'âge, consumée par le désespoir où l'avait jetée ce refus.

* Ce rôle appartient à l'emploi des Elleviou.

La partition et les parties séparées se trouvent chez M. Schœnenberger, éditeur, boulevard Poissonnière, n° 10.

IMPRIMERIE DE A. BARBIER, RUE DES MARAIS S. G. N. 17.

DANILOWA,

OPÉRA-COMIQUE

EN TROIS ACTES.

ACTE PREMIER.

Le Théâtre représente un salon décoré à la Française, simplement mais avec élégance. Des tableaux.—Il y en a un sur un chevalet. Il est recouvert d'un rideau de taffetas. — Une lyre, d'autres instrumens. — Sur une table, des livres, une palette, des dessins, des partitions, etc.

SCÈNE PREMIÈRE.

DANILOWA, ÉLISKA, Élèves de Danilowa, plusieurs Mougicks.

(Danilowa est assise à une table. La table sur laquelle sont plusieurs lettres ouvertes, dont elle écrit les réponses, est à droite du théâtre, les Mougicks à gauche. Ils ont posé, sur des guéridons, divers ric   présens adressés à Danilowa. Les élèves, dont les unes peignent, les autres dessinent, témoignent leur admiration. Éliska, debout à côté de Danilowa, observe tous ses mouvemens. Danilowa lui présente les lettres qu'on apporte, et va remettre les réponses aux Mougicks.

INTRODUCTION.

CHOEUR DE MOUGICKS.

Humbles vassaux, nous portons les messages
De nos seigneurs, des plus puissans boyards;
Danilowa mérite leurs hommages,
Car son séjour est le palais des arts.

JEUNES ÉLÈVES.

Ces présens... ces messages
Des plus puissans boyards!..
De quels brillans hommages
On entoure les arts!

Espérons aussi ces couronnes,
  Prix glorieux des succès...
Art charmant, celles que tu donnes
  Ne se flétrissent jamais.

ELISKA, à part

Ah, que je suis ravie!
Ce n'est point une erreur;
A la cour, mon amie
Est rentrée en faveur.

CHOEUR DE MOUGIKS.

ENSEMBLE. { Humbles vassaux, nous portons les messages, etc.
LES ÉLÈVES
Ces présens, ces messages, etc.

DANILOWA, à elle même.

De tous côtés on me flatte, on m'invite...
La fière Sélomir m'annonce sa visite,
Près de l'impératrice implore mon appui.
  Avec malice.
Hier, j'étais sans mérite,
J'ai mille talens aujourd'hui.
(Elle plie des lettres qu'elle remet à divers mougicks.)

MOUGICKS, se retirant.

ENSEMBLE. { Humbles vassaux, nous portons les messages, etc.
LES ÉLÈVES.
Ces présens, ces messages, etc.

ELISKA.

Oh! que je suis ravie!
Ce n'est point une erreur;
A la cour, mon amie
Est rentrée en faveur.

LES ELÈVES, qui se retirent, sur un signe gracieux de Danilowa

Espérons aussi les couronnes,
  Prix glorieux des succès.
Art charmant, celles que tu donnes
  Ne se flétrissent jamais.

Des domestiques enlèvent les chevalets, excepté celui de Danilowa, et rétablissent
l'ordre dans l'appartement.)

SCÈNE II.

DANILOWA, ELISKA.

DANILOWA.

Plus de doute, les amis reviennent, on m'a pardonné.

ELISKA.

Et quel était ton crime ?... est-ce ta faute, si ce jeune seigneur russe, ne s'apercevant pas du danger que courait Catherine II, s'est élancé vers ton traîneau, et t'a sauvée d'une mort certaine !

DANILOWA.

Il paraissait pour la première fois à la cour. Il ignorait les usages...... il a oublié la souveraine pour l'artiste.

ELISKA.

Oh! si cet officier français, M. Delmar, ton compatriote, se fût trouvé à cette course, il aurait aussi exposé sa vie pour toi

DANILOWA.

Tu penses toujours à Delmar.

ELISKA.

Ne m'a-t-il pas fait affranchir?.. Sans lui, je serais encore esclave... esclave !... Tu ne peux pas savoir tout le malheur de cette condition-là... surtout pour une femme: n'avoir jamais une volonté à soi!.. pas un sentiment, un désir qu'on soit sûre de satisfaire.... Craindre toujours d'être séparée des compagnes qu'on aime, de l'époux qu'on aurait choisi; arrachée aux travaux où on mettait son bonheur, pour être assujettie aux occupations les plus humiliantes ! et tout cela par le simple caprice d'un intendant, de quelque chef de Mougicks; car le comte Woronski, mon maître, avait beau être généreux et humain, nous n'étions pas sous ses yeux... et il n'y a rien de pire que la tyrannie subalterne.

DANILOWA.

Ah! cette destinée est affreuse... je sens que je n'aurais pu la supporter sans mourir.

ELISKA.

Oui... à présent... mais si tu y avais été habituée dès
l'enfance... Moi... par exemple, je n'ai bien senti toute
l'horreur d'être esclave que depuis que je ne le suis
plus.... Aussi.... c'est pour cela que j'ai tant de reconnaissance pour M. Delmar, pour mon libérateur......
comme toi pour le tien... dont tu ne m'as jamais dit le
nom.

DANILOWA.

Comment l'aurais-je su ? Il n'a plus reparu à la cour,
et j'ai appris qu'un injuste exil à Moscou... moi-même,
Catherine piquée ne m'accueillait plus qu'avec froi-
deur... J'ai boudé à mon tour... je me suis enfermée ici
avec ma lyre, mes pinceaux et mes souvenirs.... Je ne
songe à la cour, que pour me rappeler... Quelle expression de physionomie! quelle vivacité dans ses yeux! (*Mettant la main sur son front.*) Tout est là...

ELISKA, avec malice.

Est-ce bien là que tu veux dire?

DANILOWA.

ROMANCE*.

Oui, c'est pour moi, pour ma défense,
Que fut son premier mouvement :
Je le vois encor qui s'élance...
Son bras soutient mon bras tremblant.
Je ne pouvais, en souveraine,
Donner trésor, fortune, emploi :
S'il me sauva, je suis certaine,
Que c'est pour moi.

DEUXIÈME COUPLET.

Ah! c'est pour moi que sa disgrâce
Devient presque un nouveau péril ;
A mes pensers tout le retrace,
Mon cœur le suit dans son exil.
Je crains cette image fidèle,
Je la repousse avec effroi ;

---

* On passe cette romance à la représentation.

Mais il souffre, et je me rappelle
Que c'est pour moi.

SCÈNE III.

DANILOWA, ELISKA, UN DOMESTIQUE.

LE DOMESTIQUE, annonçant, il entre du fond.

La princesse Sélomir.

(Il sort.)

DANILOWA.

Une amie de cœur ! une ennemie intime !

ELISKA.

Je te laisse.... Je fais un dessin que je ne veux te montrer que lorsqu'il sera terminé..... et bientôt j'espère.... adieu !.. (*Elle sort à gauche.*)

SCÈNE IV.

LA PRINCESSE SÉLOMIR, DANILOWA.

SÉLOMIR, entrant.

Chère Danilowa !.. que je suis aise ! vous voilà plus en faveur que jamais.

DANILOWA.

Moi, princesse !

SÉLOMIR.

Hier Catherine II alla visiter cette salle où sont étalés tous les prestiges des arts, et, dans ses yeux qu'animaient l'admiration et le plaisir, toute la cour lut votre nouveau crédit.

DANILOWA.

Voilà qui m'explique tant de lettres.

SÉLOMIR, piquée.

J'espère que vous ne me confondez pas.... A propos, votre billet m'annonce...

DANILOWA.

Oui, princesse, j'ai écrit ce matin à la czarine...

SÉLOMIR.

Toujours bonne... Le croiriez-vous ? si j'aspire au titre

le plus élevé, c'est moins par ambition que par amour...
un procès avait divisé long-temps l'époux que j'ai perdu
et le dernier héritier de ma famille, mon cousin qui, depuis mon veuvage, vint me voir dans mon château de
Taganrock... tout nous rapprochait; notre union sembla
prête à se conclure... aujourd'hui quel changement !.. je
le retrouve indifférent, presque dédaigneux... pour quel
motif?.. il revient d'un exil à Moscou.

DANILOWA.

A Moscou !

SELOMIR.

Oui, et j'ai pensé que l'ambition seule... le titre de
première dame d'honneur de l'impératrice peut le flatter
dans une épouse... et si vous appuyez ma demande...

DANILOWA.

Le crédit d'une simple artiste...

SELOMIR.

Est tout puissant auprès de Catherine, qui veut, dit-
on, vous rapprocher d'elle par quelque faveur éclatante.

DANILOWA.

Eh bien, comptez sur mes efforts..... mais ils seront
intéressés.

SELOMIR.

Expliquez-vous... que puis-je faire ?

DANILOWA.

Quand je perdis madame Darminville, ma tante, elle
sembla, à ses derniers momens, s'intéresser au sort d'une
esclave, et vouloir me la recommander. « Travaille,
amasse une rançon, » me dit-elle d'une voix expirante...
Elle voulait m'en apprendre davantage, lorsque la mort...

SELOMIR.

Vous n'avez rien découvert de plus ?

DANILOWA.

Rien encore... mais quand je saurai en quelles mains
est cette esclave, puis-je espérer que par votre entre-
mise?..

SELOMIR.

En doutez-vous?.. (*A part.*) Du moins je ne lui de-
vrai plus rien...

SELOMIR.

DUO.

Comptez sur moi, ma chère amie ;
Mais plaidez ma cause à la cour.
A votre crédit je me lie :
Que chacune de nous s'allie
A sa confidente d'un jour;
Et , par un zèle sans détour,
Servons nos projets tour à tour.

DANILOWA.

J'ai, pour me croire votre amie,
Trop peu de crédit à la cour ;
Mais qu'au mien votre cœur se lie :
Oui, par moi vous serez servie
Je veux qu'un zèle sans détour
Puisse mériter, dès ce jour,
Le prix que j'attends en retour.

SELOMIR.

Parlez à l'impératrice
De tous mes droits.

DANILOWA.

J'en parlerai.

SELOMIR.

Dès ce soir.

DANILOWA.

Je presserai.

SELOMIR.

Avec feu.

DANILOWA.

Je supplirai.
Mais si j'obtiens un indice
Sur l'esclave ?

SELOMIR

Je parlerai.

DANILOWA.

Sans retard.

SELOMIR.

Je presserai.

DANILOWA.

Avec feu.

SELOMIR.

Je menacerai.

Ah! quel triomphe!... aux yeux de la noblesse,
Moi, la première après Sa Majesté!

DANILOWA.

Grâce à mes soins! ah! quelle douce ivresse!
Une humble esclave aurait sa liberté!

Ma foi sincère
Bientôt, j'espère,
Va réussir
A vous plaire.
J'ai pour salaire
Le plaisir
De remplir
Votre désir.

SELOMIR

Et moi, ma chère,
Plus tard, j'espère
Aussi tout faire
Pour vous servir.

ENSEMBLE.

O sort prospère!

DANILOWA.

Dieu tutélaire.

SELOMIR.

Oui, Sélomir,
Croyez ici son cœur sincère,
Veut vous servir.

DANILOWA.

Vous satisfaire
Est mon désir.

ENSEMBLE

Doux avenir!
Ah! quel plaisir!

DANILOWA, à part.	SELOMIR, à part.
Je ne sais pourquoi.	Je ne sais pourquoi
Je crains cette femme;	Je hais cette femme;
Sa vue à mon âme	Sa gloire à mon âme
Inspire l'effroi.	Déplaît malgré moi.

SELOMIR.

Mon cœur satisfait
Vous aime avec tendresse,
Et de ma promesse
Vous verrez l'effet.

DANILOWA

Mon cœur satisfait
Se fie à vous, princesse,
Et de ma promesse
Vous verrez l'effet.

DANILOWA.	SELOMIR
Je ne sais pourquoi, etc.	Je ne sais pourquoi, etc.
Adieu !	Adieu !
Princesse, adieu.	

ENSEMBLE

Nous nous reverrons dans peu.

SCÈNE V.

DANILOWA, seule.

Oui, je l'espère... liée avec tous les boyards, elle obtiendrait sans doute du maître de cette esclave des lettres d'affranchissement... et pour moi, quel que fût le prix qu'on y mettrait... Ah ! travaillons avec cette pensée.... elle m'inspirera... (*Soulevant le voile qui couvre le tableau.*) Encore le même site !... je le retrouve sans cesse au bout de mon pinceau. Cette riche galerie... ces jardins délicieux..... ce souvenir ne me quitte pas. C'est comme un songe que je ne puis oublier. Lorsque j'en parlais à ma tante, elle me disait : « Ce sont les lieux où » tu as passé ta plus tendre enfance. » Et elle ajoutait en souriant: «C'est le couvent où tu as été élevée en France...» Un couvent ! c'était un palais. (*Avec un mouvement de fierté très-marqué.*) Cela me donne quelquefois des idées...

SCÈNE VI.

DANILOWA, DELMAR.

DELMAR en dehors.

Je vous dis que c'est moi... l'ami de la maison...

DANILOWA avec joie.

M. Delmar.

DELMAR entrant.

Ah, madame!

DANILOWA.

Je vous revois enfin! après six mois bientôt...

DELMAR.

J'avais de bonnes raisons que je vous dirai. Cela vous amusera... J'ai été à deux doigts de la mort.

DANILOWA.

Et vous ne m'avez pas fait savoir...

DELMAR.

Fi donc !.. une maladie !.. c'est trop vulgaire... si c'eût été un beau duel... une jolie blessure... à la bonne heure... D'ailleurs, je n'étais pas abandonné... Une petite esclave... un lutin... un ange... m'a prodigué ses soins avec une attention, un zèle !.. Aussi, je l'ai fait affranchir, en allant rejoindre son maître, un de mes amis, le comte Woronski, exilé à Moscou.

DANILOWA.

A Moscou ! (*A part.*) quel rapport singulier !...

DELMAR.

Dernièrement, lorsque je suis revenu, je ne l'ai plus retrouvée. Quand on rend la liberté à une femme, ma foi, elle ne perd pas de temps pour en profiter... Quant à moi qui suis plus fidèle, je reviens à vous.

DANILOWA

A titre d'ami?

DELMAR.

Et d'amant. Vous vous ressouvenez bien de ma passion... A propos, j'ai à vous remettre une lettre de France, arrivée par un courrier de l'ambassade dont je fais partie.

DANILOWA.

Quel bonheur! grâce aux titres que cette lettre renferme sans doute, je pourrai établir mes droits à porter le nom de ma tante.

DELMAR.

Cette chère madame Darminville.

DANILOWA.

Après l'avoir perdue, j'écrivis à une dame française, son amie, sa correspondante, pour la prier de rassembler les preuves de ma naissance. Ici, je n'en avais aucune, pas même le surnom de Danilowa, qui me fut donné par badinage, à mon arrivée dans ce pays... autant du moins que je puis me le rappeler; car les souvenirs d'un enfant de cinq ans... mais cette réponse!... donnez de grâce...

DELMAR. Il cherche.

Allons... c'est ce diable de Woronski qui est cause... «Dépêche-toi donc... cours chez elle... tu feras tout manquer...» j'ai laissé la lettre à l'ambassade.

DANILOWA.

Vous parliez du comte?

DELMAR.

Vous saurez qu'il m'a pris pour ambassadeur auprès de vous... c'est un de vos plus grands admirateurs... Il y a quelques mois qu'il vous a vue à la cour, dans une fête où il paraît qu'il a fait mille sottises... C'est tout simple... je n'étais pas là; car, moi, je suis son mentor; mais c'était pendant ma convalescence... Il s'est fait disgracier... il s'excuse sur sa sensibilité... Ma foi, si les courtisans se mettent à être sensibles...

DANILOWA, dont l'émotion a échappé à Delmar.

Comme mon cœur bat!

DELMAR.

« Oh! la belle étrangère!... ses talens, ses grâces !...» C'est un fou, comme je vous l'ai dit; mais un fou d'un autre genre que moi... un fou grave, excellent homme, plein de loyauté, d'honneur; mais bizarre, enthousiaste des mœurs françaises qu'il cherche à imiter... A travers tout cela, il a parfois des retours de sa première nature... Il avait été jadis envoyé en Sibérie par les intrigues d'un

oncle dont il a hérité depuis... L'âpreté du climat a passé
dans son caractère, et comme il la recouvre tant qu'il
peut d'un vernis d'élégance parisienne, il en résulte un
amalgame de *barbare civilisé*, qui est tout-à-fait ori-
ginal.

DANILOWA.

Vous ne flattez pas le portrait de vos amis.

DELMAR.

Il faut bien que je vous dépeigne l'homme... vous allez
le voir.

DANILOWA.

Comment ?

DELMAR.

Depuis qu'il sait que j'ai accès chez vous, il me har-
celle pour être présenté... pas moyen de résister... La
prière d'un Cosaque ! D'ailleurs, il a une grâce à vous
demander aujourd'hui.

DANILOWA.

Une grâce, à moi ?

SCÈNE VII.

Les mêmes, ÉLISKA.

ELISKA accourant, et posant un dessin sur le chevalet.

Tiens, regarde... je viens d'achever... (*Apercevant
Delmar.*) Ah!...*

DELMAR.

Comment, c'est vous, charmante Eliska ?

ELISKA, troublée.

Monsieur...

DANILOWA.

Oui, c'est elle qui doit la liberté à votre interces-
sion.

DELMAR.

Ah! ne lui dois-je pas la vie ? Si vous saviez de quels
soins délicats elle m'a entouré !... Combien son entretien spirituel me consolait, m'aidait à tromper la douleur!

---

* Danilowa, Eliska, Delmar.

ELISKA.

Mon Dieu, monsieur!... vous ne me devez rien pour mes soins. J'ai eu tant de plaisir à vous les donner.

DELMAR.

Mais comment se fait-il?...

ELISKA.

Libre, mais sans protection, j'étais repoussée des maisons des Russes, parce que j'avais été esclave... Je vous avais entendu vanter Danilowa; elle était Française. Les Françaises sont si bonnes! Je vins la trouver; en la voyant, je sentis qu'elle m'aimerait, car je l'aimais déjà. Elle m'accueillit, me protégea, et finit par me traiter en amie. Elle me dit de la tutoyer... je la tutoyai. Elle voulut m'avoir auprès d'elle... j'y suis.

TRIO.

ELISKA.

Naguère, pauvre affranchie,
Sans asile et sans secours,
Ici je trouve une amie,
Comme on n'en voit pas dans les cours.
Pour me rendre plus digne d'elle,
Des arts elle fit mon emploi.
Moi, je n'avais, hélas! rien que du zèle,
Mais son désir était ma loi.

DELMAR, à Danilowa.

L'aventure est inouie!
Pour cette jeune beauté.
Je voulais, aimable amie,
Réclamer votre bonté.
Votre amitié généreuse
A prévenu mes souhaits.

ELISKA, à Danilowa.

Près de toi je suis heureuse.

DANILOWA.

Ne me quitte donc jamais.

DELMAR, à Eliska.

Oui, suivez toujours ses traces;
Employez bien vos instans,
Dans cette école des grâces,
Des vertus et des talens.

DANILOWA.

Déjà d'une main légère
Elle guide le crayon.
(Prenant le dessin sur le chevalet.)
Voyons ce dessin, ma chère.

ELISKA.

Quoi! ce dessin!... oh! non, non.

DANILOWA, regardant le dessin [*].

Ciel! ma surprise est extrême!

DELMAR, regardant.

Mais se peut-il? mon portrait!

DANILOWA.

C'est vous, Delmar, c'est vous-même!

DELMAR.

Oui, me voilà trait pour trait.

DANILOWA.

La ressemblance est frappante,
Eliska fait des progrès.

ELISKA, à Delmar.

Si ce dessin de fantaisie
Par hasard réunit vos traits,
Ne m'en veuillez point, je vous prie;
(Baissant les yeux.)
Je ne l'ai pas fait exprès.

DANILOWA, à part.

La voilà toute tremblante...
Que je crains pour son bonheur!
Le secret qui la tourmente
S'est échappé de son cœur.

ELISKA.

Ah! je suis toute tremblante!
Là!... n'ai-je pas du malheur?
Le secret qui me tourmente
S'est échappé de mon cœur.

ENSEMBLE.

DELMAR, à part.

La voilà toute tremblante...
Son embarras, sa rougeur...
Simple, naïve, innocente...
Ma foi! je crains pour mon cœur.

[*] Danilowa, Delmar, Eliska.

DELMAR.

Eh quoi! chère Eliska, pendant l'absence, avoir daigné faire mon portrait!... Il vous a fallu un grand effort de mémoire!...

ELISKA, avec naïveté.

Oh, mon Dieu, non, monsieur!... ça m'est venu naturellement, sans y penser.

DELMAR, avec vivacité.

Vraiment!... (*Danilowa fait un geste à Eliska qui rougit et baisse les yeux. Delmar s'en aperçoit. A part.*) C'est de bon augure. (*Haut, à Danilowa.*) Sans adieu... je vais chercher votre lettre française et mon élève russe.

DANILOWA.

Moi, je vais m'occuper de ma toilette.

DELMAR, lui donnant la main jusqu'à son appartement.

C'est mal.... Vous ne voulez donc pas qu'il en réchappe.

(*Il lui baise la main. Elle rentre chez elle. En sortant, Delmar regarde Eliska avec un geste d'intérêt.*)

SCÈNE VIII.

ELISKA, seule.

Quel plaisir, il viendra voir souvent Danilowa... Que je suis heureuse d'être auprès d'elle!... Comment ai-je mérité?... ah! elle est si bonne... et puis, quand je vins la trouver, elle s'imagina d'abord que j'étais peut-être cette esclave qui lui a été recommandée par sa tante... madame Darminville!.. Ce nom m'est inconnu, à moins que, dans mon enfance, je ne lui aie été prêtée pour quelque fête... car, nous autres esclaves, on nous prête souvent our nous faire instruire.

RECITATIF.

Mais qu'importe à mon cœur un vague souvenir.
Quand déjà du bonheur a brillé l'espérance.
Pour le passé rempli d'indifférence,
Il interroge en tremblant l'avenir.

2

AIR.

Cher Delmar, à la souffrance,
Qu'il m'était doux d'offrir quelque secours!
Ta seule reconnaissance
Suffit au bonheur de mes jours.
A défaut d'amours,
J'aurai toujours
La souvenance
Des regards chéris,
Qui de mes soins étaient le plus doux prix.
Cher Delmar, etc.

Peut-être un jour la victoire
De tes talens, de ta gloire,
Doit illustrer la mémoire :
Chacun tout haut te vantera.
Alors une esclave obscure,
Pleine d'une amitié pure,
De tes succès jouira,
Loin de toi t'applaudira,
Et tout bas, redira :
Cher Delmar , etc.

C'est lui!.... quel plaisir!.... je ne l'espérais pas
sitôt.

SCÈNE IX.

ELISKA, le comte WORONSKI, DELMAR.

DELMAR , entrant sans apercevoir d'abord Eliska.

Me relancer jusqu'à l'ambassade! me donner à peine
le temps de chercher cette lettre! ne vouloir pas laisser à
une jolie femme une demi-heure pour sa toilette!... A
Paris, nous leur donnons une demi-journée.

LE COMTE, avec rudesse.

Sa toilette!... je n'ai pas vu qu'elle en eût besoin.

DELMAR.

Eh bien ! ce serait joli, si ce n'était pas dit si brusquement... Tu gâtes tout.

ELISKA, au comte.

Monseigneur, c'est moi qui vous reçois. (*Delmar la salue.*)

LE COMTE.

Toi, ici, Éliska.

DELMAR, bas au comte.

Qu'est-ce que tu fais donc, mon ami?... tu la tutoies?...

LE COMTE.

Elle a été mon esclave.

DELMAR.

C'est égal... l'urbanité française...

LE COMTE.

Ce n'est qu'une Russe.

DELMAR, toujours bas.

Oui; mais Danilowa, qui est son amie, sera blessée...

LE COMTE.

Tu crois... (*Haut.*) Je suis vraiment enchanté de vous voir, ma chère.

DELMAR, bas.

Mademoiselle...

LE COMTE, impatienté.

Mademoiselle....

ELISKA.

Pardon... on vous a laissé debout... si vous vouliez....

(*Elle lui avance un fauteuil*).

LE COMTE, s'asseyant.

C'est bien.

DELMAR, à part.

S'asseoir ainsi !... il perd la tête...

LE COMTE.

Mademoiselle... j'espérais que votre amie...

ELISKA.

Elle est dans son appartement, et dans quelques minutes...

LE COMTE, brusquement.

Allez sur-le-champ l'avertir que nous sommes ici.

DELMAR, à part.

Ah, par exemple ! ça... c'est du Kamschatka tout pur.

ELISKA, un peu effrayée.

J'y vais... monseigneur.
(*Delmar la reconduit en ayant l'air d'excuser la brus-
queric du comte.*)

SCÈNE X.

LE COMTE, DELMAR.

LE COMTE, à part.

C'est ici qu'elle habite..... ah! quelle émotion j'é-
prouve!

DELMAR, revenant.

Ah, ça, mon ami! est-ce que tu es fou?... Comment,
tu me pries de faire ton éducation; tu te plains à moi qu'un
long exil, des injustices souffertes dès l'enfance ont rendu
ton caractère âpre et raboteux... Je me charge de te po-
lir, de te franciser... depuis six mois j'y travaille. Enfin,
je te crois un peu présentable... je te risque, et voilà que
du premier coup....

LE COMTE.

Mais aussi tu me tyrannises trop... je ne peux plus être
moi-même. En vérité, tu me ferais envier la condition de
mes vassaux.

DELMAR.

Ecoute donc, Woronski.... veux-tu être aimable ou
non?... Choisis: tu sais bien que Catherine qui t'aime,
t'a appelé du premier abord : *Son ours de Sibérie...* Si
cela te plaît d'être appelé un ours, alors.... Tu n'as plus
besoin de mes leçons... tu peux aller tout seul.

LE COMTE.

Après tout qu'importent les manières, quand le cœur
est bon!

DELMAR.

Mon Dieu! on n'a pas à chaque instant l'occasion
de placer son cœur dans la société. * Écoute-moi
donc :

_____

* On passe ces couplets à la représentation.

Aux belles veux-tu plaire ?
Flatte avant d'émouvoir :
Le meilleur caractère
C'est de n'en point avoir.
A leur caprice accorde un libre empire ;
Lorsque de nous les femmes peuvent dire :
« Ah! l'on en fait tout ce qu'on veut vraiment! »
C'est un brevet d'homme charmant.

DEUXIÈME COUPLET.

Cherche dans tes paroles
Le talent d'égayer ;
Sur des sujets frivoles
Glisse, sans appuyer.
C'est mon secret : tâche d'en faire usage,
Car, entre nous, puisque tout se partage,
Je ne pouvais me dispenser vraiment
De te rendre un homme charmant.

Voici ces dames.

SCÈNE XI.

ÉLISKA, DANILOWA, LE COMTE, DELMAR.

DELMAR.

Vous permettez, Madame, que je vous présente.....

LE COMTE, avec agitation.

Madame, je ne saurais vous exprimer... Mon trouble....

DANILOWA.

Peut-être remarquez-vous le mien...Lorsque l'on revoit son libérateur...

DELMAR, étonné.

Qu'est-ce que cela veut dire ?

LE COMTE.

Ah! Madame! ce fut le plus beau jour de ma vie.

DANILOWA.

Je vous dois d'autant plus de reconnaissance, que je
fus la cause involontaire d'une disgrâce....

DELMAR.

J'y suis.

LE COMTE, vivement.

Je n'ai vu que votre danger.

DELMAR, riant.

Comment? et je n'ai pas deviné. (*A part.*) Est-il dissi-
mulé, mon élève?.. C'est donc cela, qu'il me pressait
tant de l'introduire auprès de vous! (*Illustre descendant des héros de la Tartarie, jamais ses ancêtres n'ont
mis plus d'acharnement au pillage d'une caravane asia-
tique.*) Si je tardais un jour de plus, j'étais obligé de me
couper la gorge avec mon meilleur ami. (*Bas au comte.*)
A toi... ramasse le gant... tâche d'être gai... Il ne suffit
pas d'avoir sauvé les gens, il faut leur plaire.

DANILOWA.

Monsieur le comte... tant d'empressement...

LE COMTE.

Ah, madame! si vous soupçonniez tout ce que je
vous dois!.. Vous seule m'avez révélé le charme des
arts. Avant de vous avoir vue, je repoussais tous ces
nobles plaisirs que l'homme doit à la civilisation... J'en
avais été privé si long-temps!.. Je me reportais toujours
en imagination vers ces lacs glacés de la Sibérie, vers ces
huttes informes que nous construisions dans la neige...
Vous le dirai-je? je regrettais cette lutte opiniâtre contre
la nature... Il me semblait que c'était le véritable sort de
l'homme.. Vous seule...

*Danilowa fait un mouvement pour interrompre les éloges
du comte.*

DELMAR, à part.

S'il appelle cela être gai... avoir de la légèreté française... (*Bas au comte.*) Finis donc; tu tournes au pathé-
tique... (*Haut.*) Madame, mon ami donne aujourd'hui
une fête dans son château à trois werstes de Saint-Pétersbourg; et si vous daignez avec l'aimable Éliska.....

ELISKA, avec joie

Moi! je reverrai mes chères compagnes!

---

* On passe cette phrase à la représentation.

LE COMTE.

Puis-je espérer, madame?..

DANILOWA.

Monsieur le comte, je vous remercie; mais j'abandonne si rarement ma solitude...

LE COMTE.

J'aurais voulu, madame, devoir votre consentement à mes seules prières; mais, puisqu'elles sont sans pouvoir, je vous transmettrai celles de l'impératrice. Catherine, qui doit assister à ma fête, y désire votre présence.

DELMAR.

C'est cela! de la galanterie russe... un ordre...

DANILOWA.

M. le Comte,.. j'obéirai.

LE COMTE.

Ah, madame, que cette parole est cruelle! Si l'impératrice éprouve le même désir que moi, dois-je en porter la peine dans votre esprit? Quand il s'agit de vous, souverains et sujets ne peuvent avoir qu'un même sentiment.

DELMAR, à part.

Pas mal du tout... On finira par en faire quelque chose. (*Haut.*) Ah ça, que je n'aille pas encore oublier... voici la lettre que vous attendiez de France. (*Au comte.*) Mon ami, notre présence est nécessaire au château... moi surtout, qui suis le grand ordonnateur. (*Avec intention.*) Tu sais qu'un équipage assez brillant doit venir chercher ces dames... (*Aux dames.*) Soyez prêtes dans un quart-d'heure. (*A Danilowa.*) Songez que vous avez pour billet d'invitation un *ukase impérial.*

FINAL.

LE COMTE, DELMAR.

Ah! ne trompez pas notre espoir,
Venez briller à cette fête;
Que votre présence lui prête
Le charme qu'on goûte à vous voir.

ELISKA, à part.

Moi, chez monseigneur, à la fête!
Que de parures je vais voir!
Ah! quel plaisir pour moi s'apprête!

DANILOWA.

Oui; je remplirai votre espoir.

(À part.)

ENSEMBLE.
Ah ! quel bonheur pour moi s'apprête !
Hélas ! que m'importe la fête ?
Je n'y vais que pour le revoir.

LE COMTE ET DELMAR.

Ah ! ne trompez pas mon espoir, etc.

LE COMTE ET DELMAR.

A ce soir, à ce soir !

DANILOWA ET ELISKA.

A ce soir, à ce soir !

(Le comte et Delmar sortent.)

ELISKA, sortant.

Songeons bien vite à ma toilette.

SCÈNE XII.

DANILOWA, *seule, tenant la lettre que lui a remise Delmar.*

RÉCITATIF.

Son trouble, ses regards ont trahi son amour.
Il m'aime... et du plus doux retour
Mon cœur a payé sa tendresse.
Moi, l'épouser, moi, briller à la cour !
Ai-je besoin d'être princesse ?
Quelle crainte vient m'agiter ?
Les arts et les talens n'ont-ils pas leur noblesse !
Qui dans ces lieux peut me la disputer ?
Ma tante était noble, sans doute.
Persécutée en France, en Russie elle a fui.
Ah ! si par mes aïeux j'étais digne de lui !

(Ouvrant la lettre.)

Voyons... je tremble... je redoute...
Non, cet écrit va combler tous mes vœux.

(En lisant elle se trouble. Poussant un cri.)

Ah! qu'ai-je lu? se pourrait-il?... grands dieux!

Elle lit encore.

(*Parlé*) « Madame Darminville n'a jamais eu de frère
ni de sœur... Vous ne pouvez être sa nièce... Une jeune
esclave, qui lui fut prêtée, était seule avec elle... »

La force m'abandonne.

Je frémis, je frissonne.

Se pourrait-il?

(Avec le plus grand effroi.)

Quel souvenir!

Ce secret! cette esclave! à son heure suprême

Elle en parlait. Je me sens défaillir.

Cette esclave, ô ciel! c'est moi-même!

Je n'en saurais douter. Que vais-je devenir?

Si l'on allait me reconnaître!

Me réclamer! quel est mon maître?

(Se couvrant le visage des deux mains.)

Je suis esclave! on vient! où fuir?

SCÈNE XIII.

DANILOWA, ÉLISKA.

ÉLISKA accourt.

De magnifiques équipages!

Des dames de la cour, des écuyers, des pages!

Et la princesse Sélomir

Vient te chercher... il faut partir.

DANILOWA, à part.

Ah! quel supplice!

ÉLISKA.

Ah! quel plaisir!

SCÈNE XIV.

ELISKA, SELOMIR, DANILOWA, Dames de la Cour,
Élèves de Danilowa, Écuyers, pages, etc., etc.

DANILOWA.

Que faire? ô Dieu! quel trouble extrême !

SELOMIR.

Jugez votre nouveau crédit :
C'est l'impératrice elle-même
Qui, pour prouver, m'a-t-elle dit,
Qu'avec soin elle a daigné lire
Votre lettre de ce matin,
M'a commandé de vous conduire
A la fête de mon cousin.

(Bas, à Danilowa.)

J'ai pénétré vos perfidies :
Le comte vous aime et vous plaît.
Mais quel que soit votre projet,
Haïssons-nous bien en secret ;
En public nous serons amies.

DANILOWA, à part.

Cruel destin, plus d'espérance !
Tout semble accroître mon malheur ,
Et le secret de ma naissance,
Et sa haine et mon propre cœur !

SELOMIR, à part.

Elle détruit mon espérance ;
La perfide fait mon malheur !
Il me reste au moins la vengeance,
Et cet espoir flatte mon cœur.

ELISKA, les Dames de la cour, Élèves, Écuyers, etc.

Triomphe heureux ! jour d'espérance !
Danilowa rentre en faveur ;
La czarine, de sa puissance,
Par les arts accroît la splendeur.

ENSEMBLE.

ELISKA, bas à Danilowa.

Danilowa, j'en suis certaine,
Et je t'en donne ici ma foi,
Tu seras comtesse.

DANILOWA, avec terreur, lui mettant la main sur la bouche.

Ah! tais-toi.

SELOMIR.

Partons, que rien ne nous retienne.

DANILOWA, à part.

Sois mon appui, Dieu protecteur;
Avec un front serein permets-moi de paraître;
Du trouble affreux qu'en mon cœur je sens naître
A tous les yeux cache l'horreur.

(*Reprise de l'Ensemble général.*)

(On part pour la fête.)

FIN DU PREMIER ACTE.

ACTE SECOND.

Le théâtre représente une galerie magnifiquement décorée. — A la droite des spectateurs, une élégante colonnade qui conduit dans les salons du comte. — A la gauche un portique sert de sortie. — A travers les riches vitraux du fond, on aperçoit le jardin sur lequel ouvrent trois portes à larges battans. — A gauche du théâtre, une table avec un riche tapis, et un fauteuil ; de l'autre coté du théâtre, au premier plan, un trône.

SCÈNE PREMIÈRE.

TOUKOUSOF, MOUGICKS, Serves.

Les Serfs et les Serves exécutent des danses.

MORCEAU D'ENSEMBLE.

TOUKOUSOF.

J'en perds la tête, je crois.
Soignez votre danse
Et vos voix ;
Et que tout, suivant mes lois,
Commence
A la fois.

ENSEMBLE.

MOUGICKS ET SERVES.

Il perd la tête, je crois.
Soignons notre danse
Et nos voix ;
Que tout, suivant ses lois,
Commence
A la fois.

(On danse.)

TOUKOUSOF.

Maudite fête, au diable les entraves!
Moi, chefs de mougicks, quel métier!
Faire danser et chanter mes esclaves,
Quand je ne sais que les faire crier.

ENSEMBLE.

TOUKOUSOF.

J'en perds la tête, je crois, etc.

MOUGICKS ET SERVES.

Il perd la tête, je crois, etc.

TOUKOUSOF, à part.

Ils iront bien, tout me l'assure.
(Haut.)
Si quelqu'un manque la mesure,
Et ne forme pas bien ses pas,
Je lui ferai donner...
(Il fait le geste de la bastonnade.)
Hélas!
A chaque minute j'oublie
Que monseigneur ne le veut pas.
La ridicule fantaisie;
Pour moi quelle privation!
Que de peines, d'ennuis, d'entraves!
Faites donc marcher des esclaves,
Sans moyen de... persuasion.
(Il renouvelle le geste.)

SCÈNE II.

TOUKOUSOF, ÉLISKA, les mêmes.

ÉLISKA, accourant.

A la fête
Qui s'apprête
La czarine ne peut venir.

TOUKOUSOF ET CHŒUR

A la fête
Qui s'apprête
La czarine ne peut venir.

ELISKA, à Toukousof.

Oui, monseigneur vous en fait prévenir.

LES SERVES, reconnaissant Eliska.

Notre compagne chérie,
Bonne Eliska! quel plaisir!

ELISKA.

C'est votre compagne chérie,
Qui près de vous a coulé d'heureux jours.
Quoiqu'étourdie,
Quoiqu'affranchie,
Elle vous aimera toujours.

LES SERVES.

C'est notre compagne chérie,
Qui près de nous a coulé d'heureux jours.
Quoiqu'étourdie,
Quoiqu'affranchie,
Elle nous aimera toujours.

TOUKOUSOF.

C'est Eliska, dont la folie
Me faisait damner tous les jours;
Mais l'étourdie
Est affranchie:
Je la regretterai toujours.

ELISKA, aux jeunes serves.

Pour vous prouver que votre amie
N'a pas oublié vos chansons:
Voici celle qu'à la prairie
Au printemps, le soir, nous chantions.

LES SERVES.

Oui, la ronde qu'à la prairie,
Au printemps, le soir, nous chantions.
Écoutons, écoutons.

TOUKOUSOF, soupirant.

Écoutons.

ELISKA.

RONDE.

PREMIER COUPLET.

Dès que nos forêts ont quitté
Leur triste couronne de neige,
Sous l'ombrage qui le protège,
L'amour s'égare en liberté.
  Accours, fillette jolie;
  Viens errer dans la prairie;
L'amour attend... ne tarde plus...
  Hasarde tes pas, sans crainte,
  Ils ne laissent plus d'empreinte,
Ils ne seront pas aperçus.

(Les serres dansent, en répétant le refrain.)

DEUXIÈME COUPLET*.

Des riantes fleurs de nos champs
Orne ta tête et ton corsage,
Et viens célébrer au village
Les jeux qu'annonce le printemps.
  Avec ton amant, sans doute,
  Tu peux te tromper de route;
Mais n'importe, ne tarde plus...
  Hasarde tes pas sans crainte,
  Ils ne laissent plus d'empreinte,
Ils ne seront pas aperçus.

TROISIÈME COUPLET.

Mais près du berger qui t'est cher,
Au printemps si l'amour t'entraine,
Bientôt le vol du temps amène
Le mariage avec l'hiver.
  Alors ne sois plus coquette,
  Jamais de course secrète;
Non, en hiver il n'en faut plus :
  Si tu t'égares sans crainte,
  Tes pas laissent une empreinte,
Ils seront bien vite aperçus.

* On passe ce second couplet à la représentation.

ELISKA.

> A présent, courons sous l'ombrage
> De ces jardins délicieux,
> Où l'amitié, les chants, les jeux,
> Vous font oublier l'esclavage.

LES SERVES.

> A présent courons sous l'ombrage,
> De ces jardins délicieux,
> Où l'amitié, les chants, les jeux,
> Nous font oublier l'esclavage.

ENSEMBLE.

TOUKOUSOF, à part en même temps.

> Peut-on plus loin pousser l'outrage ?
> Me braver ! Tout irait bien mieux,
> S'il m'était permis, en ces lieux,
> De rétablir l'ancien usage.

CHŒUR.

> Oui, courons toutes sous l'ombrage, etc.

TOUKOUSOF.

Je le défends.

ELISKA, d'un ton important et comique.

Moi, je le veux.

Reprise de l'ensemble.

(Les moujicks et les serves se précipitent dans le parc, Eliska veut les suivre
Toukousof la retient.)

Fin du morceau.

SCÈNE III.

TOUKOUSOF, ÉLISKA.

TOUKOUSOF.

Restez, Éliska, je vous l'ordonne.

ELISKA.

Vous n'avez plus d'autorité sur moi.

TOUKOUSOF.

Alors, restez de bonne amitié... (*A part.*) Quelle
humiliation !

ELISKA.

C'est différent, que me voulez-vous ?

TOUKOUSOF.

Vous demander ce que c'est que cette botte qu'on vient d'apporter, pour la dame française, votre maîtresse

ELISKA.

Ma maîtresse !.. dites mon amie. C'est une lyre dont elle s'accompagne en chantant.

TOUKOUSOF.

Elle chante donc?.. Moi qui la croyais une personne comme il faut... Il paraît que ce n'est qu'une femme à talent... Et pourquoi une lyre? comme si nous n'avions pas le boshof, la balalaïca, les loschki, le goudock, et autres instrumens harmonieux... Monseigneur avait déjà aboli le knout... S'il réforme aussi la musique, où seront nos plaisirs?

ELISKA.

Vos plaisirs?

TOUKOUSOF.

Vous n'avez pas connu cela... Vous êtes trop jeune... Dieu! quand je me rappelle le bon temps de la Russie!.. Il fallait voir les esclaves! sitôt qu'un d'entr'eux avait commis la plus légère faute, à l'instant, on lui signait un bon, pour aller recevoir.... quinze, vingt, trente.... Il y avait un endroit pour cela... vous alliez, et vous touchiez.

ELISKA.

Peut-on regretter le knout?

TOUKOUSOF.

Ce n'est pas que j'y tienne personnellement, moi... c'est pour les autres... On est bien aise de conserver les usages de ses ancêtres..... et j'ose dire que celui-là, bien appliqué, était assez agréable... cela donnait du mouvement, ça rompait... la monotonie de l'existence.

ELISKA.

Fi! l'horreur!

TOUKOUSOF.

Voilà le préjugé!.. on me croit méchant... dutout... j'aime les esclaves, surtout les serves... enfin, avant votre départ, elles étaient cinq cents... je les aimais toutes.

3

ELISKA.

Joli amour!.. sans cesse à gronder.

TOUKOUSOF.

Raison de plus : qui aime bien... vous savez... Vous-même, ingrate, je vous ai regrettée; quand on vous a affranchie, cela m'a fait une peine...

ELISKA.

Merci.

TOUKOUSOF.

Non, ce n'est pas pour la valeur de la chose,.. mais c'est que cela me faisait un compte rond; et puis on en perd tant... Il n'y a pas que les affranchissemens qui nous en ôtent... on en prête, et ça s'égare... L'oncle de monseigneur, par exemple, en a prêté beaucoup... Après sa mort, je voulais faire des réclamations... monseigneur n'a pas seulement voulu regarder mes registres.

ELISKA.

Vos registres ?

TOUKOUSOF.

Oui, tout est en règle; mes livres sont en parties doubles. Naissances et décès... gain et perte... Pour les esclaves prêtés, j'ai des reconnaissances; et lorsque monseigneur voudra...

ELISKA.

Monseigneur ne voudra pas; mais je cours rejoindre mes compagnes, et leur prouver, par mon exemple, qu'elle peuvent un jour être rendues à la liberté!

Elle entre dans le parc.

TOUKOUSOF.

La liberté!.. Je ne comprends pas ce plaisir-là... Avoir la peine de se commander à soi-même!.... On vient... c'est l'étrangère!.. Et moi, qui n'ai pas encore porté la lyre dans le salon... Courons vite.

Il sort.

SCÈNE IV.

DANILOWA.

Elle entre avec la plus grande agitation. Ses traits sont décomposés...
Elle porte ses regards de tous côtés avec terreur.

Enfin, je me suis échappée... je suis seule. O ciel! n'est-ce point une illusion?,. ce palais... ces jardins... j'ai

cru reconnaître... Voyons... calmons-nous... cherchons
à nous rappeler... Oui, voilà ces lieux toujours présens
à mon imagination... cette galerie... ces voûtes... ces
vitraux... (*A voix basse.*) C'est ici que j'ai été esclave!..
et celui que j'aime... est mon maître!!! Moi, l'aimer! un
homme qui a le droit de me dire : « *Tu m'appartiens,* »
Parmi tant de regards fixés sur moi, si un seul!.. et il faut
que je me contraigne, cherchant à distraire l'attention...
condamnée à briller... Le comte!.. O ciel! donne-moi
le courage de soutenir sa présence.

SCÈNE V.

DANILOWA, LE COMTE WORONSKI.

LE COMTE.

Pourquoi nous fuir, madame, quand vous seule pouvez nous faire oublier l'absence de l'impératrice ?

DANILOWA.

Moi, M. le comte?

LE COMTE.

Ignorez-vous l'empire de la beauté et des talens!.. Ah!
celui-là est le premier de tous.

DANILOWA.

Monsieur!...

LE COMTE.

Oh! ne craignez rien... je ne vous louerai pas. Mon langage est rude et sans grâce... Mais, croyez-moi, le malheur n'a pas rendu mon cœur insensible... Une femme
qui me confierait sa destinée; qui, sans être effrayée
de l'âpreté de mes manières, me jugerait digne de sa
main...

DANILOWA, l'interrompant.

Vraiment, M. le comte..... je n'en doute pas.... et....
votre noble cousine, la princesse Sélomir...

LE COMTE, avec impétuosité

Ah! ne prononcez pas ce nom!.. Moi! son époux!..
jamais... Peut-être des intérêts de famille m'auraient-ils
décidé à cette union avant ce jour... où, pour la première fois... ce jour le plus heureux de ma vie!.. Eh!

que m'importent les biens qu'elle me dispute?.. les lois prononceront... mais mon cœur... il m'appartient, ou plutôt, je n'en suis plus le maître... Je le lui ai dit... Elle sait que j'aime... Elle connaît l'objet de mon amour...

DANILOWA, à part.

Grand Dieu!

LE COMTE.

De cet amour que je n'ai avoué qu'à elle... que j'ose à peine exprimer par mes regards.

DANILOWA, tremblante.

Je ne puis que former des vœux pour votre bonheur... Qui plus que vous mérite d'être heureux!.. Votre humanité, votre bienfaisance... cette bonté qui s'étend jusque sur vos esclaves... c'est elle qui m'enhardit à vous demander... une grâce.

LE COMTE, vivement.

Parlez.

DANILOWA.

Eh bien! monsieur le comte!.. parmi vos esclaves... je crois qu'il y en a... qu'il y en avait une... à laquelle, ma bienfaitrice, madame Darminville s'intéressait; et moi...

LE COMTE.

Elle est à vous... Tous mes esclaves, tous... prenez-les... Son nom?

DANILOWA, dans le plus grand trouble.

Son nom... (A part.) Je n'aurai jamais le courage... (Haut.) Eh bien! je verrai... je saurai... plus tard...

LE COMTE.

Vous êtes troublée!

DANILOWA, avec effort.

Moi? non!

DUO ET MORCEAU D'ENSEMBLE.

LE COMTE.

Pourquoi votre âme est-elle émue?

Je vous déplais, je le vois.

DANILOWA.

Non, non, ce n'est pas votre vue

Qui m'inspire cet effroi.

LE COMTE

Mon bonheur est de vous plaire,
De mes vœux c'est le plus doux.

DANILOWA.

Cette bonté m'est bien chère.
Mais que suis-je auprès de vous?

LE COMTE.

Connaissez tout votre empire
Sur un esclave soumis.

DANILOWA.

Ciel! que venez-vous de dire?
(A part)
Un esclave! je frémis.

Ah! je le sens, tout trahit ma tendresse;
    Un fol espoir pour moi renait.
Mon cœur, rempli du trouble qui l'oppresse,
    Ne peut plus garder son secret.

ENSEMBLE. LE COMTE, à part.

Je m'abandonne à ma brûlante ivresse;
    Un doux espoir pour moi renait.
Mon cœur, rempli du trouble qui l'oppresse,
    Ne peut plus garder son secret.

LE COMTE.

Écoutez-moi.

DANILOWA.

Je ne puis vous entendre.

LE COMTE.

Danilowa!

DANILOWA.

Je dois quitter ces lieux.

LE COMTE

Vous fuiriez l'amant le plus tendre!

SCÈNE VI.

Les mêmes, DELMAR.

DELMAR, dans le fond.

Bravo, mon cher, on ne peut mieux !

LE COMTE, à part.

Quel contretemps !

DANILOWA, à part.

Ah ! je respire !

LE COMTE, à part.

J'allais parler.

DANILOWA, à part.

J'allais tout dire.

LE COMTE, à part.

J'ai peine à cacher mon courroux.

DELMAR, s'avançant, au comte. *

Un peu plus d'aisance et de grâce...

A Danilowa.

Savez-vous qu'un autre à ma place,
Danilowa, serait jaloux.

DANILOWA.

Monsieur Delmar...

LE COMTE, à part.

Mon sang se glace.

A Delmar.

Il l'aimerait ! expliquez-vous.

DELMAR à Danilowa.

C'est mon élève, il est vrai, je m'en flatte ;
Mais il me fait trop d'honneur aujourd'hui.
Moi, qui suis le premier en date,
Auprès de vous, j'ai peur de lui.
Car, on le sait, d'une femme jolie
La mémoire est quelque fois en défaut :

_____

(*) On passe à la représentation tout ce qui suit jusqu'à l'entrée des jeunes seigneurs : On vous
attend, on vous désire.

Pour perdre son cœur, il ne faut
Qu'une erreur de chronologie.

DELMAR.

Mais tous deux à cette folie
Pourquoi donc prendre de l'humeur,
Je voulais, de galanterie
Donner leçon à monseigneur.

DANILOWA

Ensemble.

Delmar, cette plaisanterie
En ce moment blesse mon cœur ;
À part.
S'il savait combien sa folie
Aggrave ma juste douleur.

LE COMTE, à part.

Ah ! si jamais la jalousie
Pénétrait au fond de mon cœur,
L'amour, jusqu'à la frénésie
Porterait ma juste fureur.

SCÈNE VII.

Les mêmes, plusieurs jeunes Seigneurs russes.

Ils entrent de la gauche du théâtre.

CHOEUR DES JEUNES SEIGNEURS.

À Danilowa.

On vous attend, on vous désire
Avec vous a fui la gaîté,
Revenez exercer l'empire
Des talens et de la beauté.

DELMAR.

On vous attend etc.

DANILOWA, à part.

Ensemble.

Contre moi tout conspire,
Rappelons ma fierté ;
Reprenons mon empire,
Sur ce cœur agité.

LE COMTE, à part.

De quel nouveau martyre
Je me sens tourmenté ;
Reprenons mon empire
Sur ce cœur agité.

CHOEUR DES SEIGNEURS, ET DELMAR.

On vous attend, on vous désire etc.

Pendant cette, reprise Danilowa qui cherche à vaincre son trouble, s'efforce de sourire, un jeune
seigneur lui donne la main : elle sort du côté de a colonnade ; Delmar veut la suivre, le comte
l'arrête.

SCÈNE VIII.

DELMAR, LE COMTE.

LE COMTE.

Écoute, j'ai à te parler.

DELMAR.

Tout à l'heure.

LE COMTE.

A l'instant même.

DELMAR.

Ah ça ! voyons... dépêche-toi.

LE COMTE, à part.

Quel soupçon. (*Haut, avec une agitation mal con-
tenue.*) Réponds-moi, serais-tu amoureux de Danilowa?

DELMA

Pourquoi donc pas?

LE COMTE.

Toi, amoureux! et tu le déclares avec cette indifférence...

DELMAR.

Je ne dis pas que je sois comme un furieux... En général, j'aime... élégamment.

LE COMTE.

Non, Delmar, non, crois-moi, tu ne l'aimes pas... tu
ne l'as jamais aimée...

DELMAR.

C'est possible, au fait; je ne sais trop comment cela
s'arrange dans mon cœur... mais je crois que j'aime deux
femmes à la fois... Et quand je songe à certain minois
fripon..... Charmante enfant ! demi-ingénue, demi-co-
quette.

LE COMTE, vivement.

Eh bien, mon ami, que ne l'épouses-tu?

DELMAR, frappé du mouvement du comte.

Sans doute; mais..... (*Le faisant retourner vers lui.*) Regarde-moi donc! Ce que c'est que de n'avoir point l'habitude des amours tartares!.. Oui... cet œil enflammé... ces traits décomposés... Je te demande pardon de n'avoir pas deviné d'abord... Voilà donc comme on aime en Sibérie!.. Pauvre Danilowa!

LE COMTE, avec emportement.

Oui, je te l'avoue, je l'adore.

DELMAR.

Ne le lui dis pas comme cela: elle s'évanouirait tout de suite.

LE COMTE.

Décide de mon sort: apprends-moi si son cœur est libre?

DELMAR.

C'est à toi de le conquérir, d'être aimable... Je t'aiderai... Voyons, comment faire pour te rendre aimable?.. Diable! c'est embarrassant.

LE COMTE, avec une rage concentrée.

Ces froids calculs...

DELMAR,

Ah, mon ami! quelle heureuse idée! l'impératrice ne peut venir... cette fête qui lui était destinée... il faut la donner...

LE COMTE, vivement.

Pour Danilowa?..

DELMAR.

Que de fêtes ont servi à d'autres que ceux pour qui elles avaient été préparées! Il n'y a que les noms à changer.

LE COMTE, avec feu.

Oui, que ce nom chéri soit tracé en guirlandes, sur tous ces portiques... Qu'on le lise en traits de feu dans les bosquets des jardins!.. Que tout le monde apprenne cet amour qu'elle ignore!.. C'est en présence des grands de la cour, de Sélomir elle-même, que je veux le lui déclarer, lui offrir ma main.

DELMAR.

Doucement..... comme tu es vif!.... Avant cet éclat,
je te conseille de voir ta cousine; d'obtenir qu'elle re-
nonce...

LE COMTE.

Il n'est pas de sacrifice !... déjà dans l'espoir d'éteindre
ce procès, j'ai fait dresser un acte où je lui cède pour jamais tout ce qui peut flatter son ambition.... Je cours la
rejoindre, et si elle accepte, c'est aux pieds de Danilowa...
Danilowa!... Ah, Delmar!... qu'elle m'aime !... qu'elle
m'aime !... ou c'est fait de moi. (*A Toukousof qui entre
de la droite du théâtre et apporte une lyre qu'il pose sur
la table.*) Mougick, approche!... Ecoute Delmar et obéis-
lui. (*Il sort.*)

SCÈNE IX.

TOUKOUSOF, DELMAR.

DELMAR.

Allons... à nous deux... As-tu de l'intelligence?

TOUKOUSOF, *saluant.*

Dam!.. monsieur, quand on me l'ordonne... il le faut
bien.

DELMAR.

Tu sauras donc, mon cher Toukousof, que la fête destinée à l'impératrice...

TOUKOUSOF.

N'a pas lieu.

DELMAR.

Si; mais pas pour elle... pour une femme plus jeune,
plus jolie. Ne va pas répéter cela, parce que, vois-tu bien?
les souveraines n'ont pas d'âge et sont toujours charman-
tes... Pour la belle étrangère, enfin pour l'aimable Danilowa.

TOUKOUSOF.

Danilowa!.... (*A part.*) J'ai vu ce nom-là quelque
part.

DELMAR.

L'illumination?

TOUKOUSOF.

Est prête dans le Pavillon-Chinois, dans la Mosquée-Turque, aux branches des sapins, des bouleaux...

DELMAR.

C'est cela... que tout le jardin s'enflamme en même temps... et tes danseurs, tes danseuses ?... crois-tu qu'ils s'en tirent passablement?

TOUKOUSOF.

Ah ! monsieur, ils danseraient bien mieux, si l'on m'avait permis... (*Il fait le geste de la bastonnade.*)

DELMAR.

Veux-tu te taire !... jolie méthode !... Quel maître à danser !

TOUKOUSOF.

Il ne reste plus que les transparens... Monsieur, veut-il me donner le nom qu'on doit y placer ?

DELMAR.

Danilowa.

TOUKOUSOF, avec une surprise plus marquée.

Danilowa. (*A part.*) C'est singulier!

DELMAR, vivement.

Oh ! mais excellent !...

TOUKOUSOF.

Quoi donc, monsieur?

DELMAR.

Le nom de son amie, de sa parente, de sa bienfaitrice... Attention délicate... elle y sera mille fois plus sensible... Écoute : à côté du nom de Danilowa... tu entends?

TOUKOUSOF.

Oui, monsieur.

DELMAR.

Tu mettras celui d'Hortense Darminville.

TOUKOUSOF, bas de lui.

O mon Dieu ! quelle rencontre ! c'est étonnant.

DELMAR.

Pas vrai?... Il a compris mon idée.

TOUKOUSOF.

Quelle surprise cela produira!

DELMAR.

Je ne le croyais pas si connaisseur.

TOUKOUSOF.

Danilowa, Hortense Darminville!

DELMAR.

Oui... les deux noms... Tu les retiendras bien ?

TOUKOUSOF.

Oh monsieur! ils sont écrits...

DELMAR.

Je vais m'entendre pour le reste avec Eliska. (*Il sort à gauche du théâtre*).

SCÈNE X.

TOUKOUSOF, seul.

Ces deux noms! ce rapport singulier!... D'ailleurs mes registres... et puis, la reconnaissance que j'ai encore.... Elle avait cinq ans, je crois, lorsqu'on la prêta... cette belle dame, entourée d'hommages, est serve de ce domaine!.. Elle appartient à monseigneur!.. j'ai dans l'idée que cela lui fera plaisir. Moi, qui croyais avoir perdu sa trace !... mais aussi, qui aurait jamais pensé que c'est à la cour que vont se cacher les esclaves?... (*Apercevant de loin Sélomir.*) La princesse... celle qui doit épouser monseigneur..... Si je pouvais gagner sa protection..... comme elle a l'air agité!... (*Il se place derrière une colonne à gauche.*)

SCÈNE XI.

SÉLOMIR, TOUKOUSOF. (*Sélomir entre de la droite du théâtre.*)

SÉLOMIR, elle marche rapidement à côté de la colonnade sans apercevoir Toukousof; elle s'arrête tout-à-coup au milieu du théâtre. Ses traits sont altérés par la colère. Toukousof ne peut entendre ce qu'elle dit.

Non... ne rentrons pas encore dans le salon... Ils verraient... elle-même s'apercevrait sans doute... Qu'elle ne jouisse pas de ce triomphe... quelle scène !... Oh ! je dois être affreuse !... Comme il m'a traitée !... Il l'aime, il l'épouse... il lui donne une fête !... une fête préparée pour l'impératrice !... et il exige... Jamais !... l'acte était prêt; j'ai repoussé toutes ses offres... je veux rester son ennemie, son ennemie mortelle!

TOURELSOR, à part.

Je ne puis l'entendre... mais le moment ne me semble
pas favorable... Attendons.

SÉLOMIR.

Demeurons ici... respirons un peu. (Elle s'assied.)

RÉCITATIF.

Tous les regards vont se fixer sur moi...
Ah! sachons bien cacher mon trouble, mon effroi.
La perfide oserait me plaindre!
Restons encor... remettons-nous... eh quoi!
Ne sais-je donc plus me contraindre?
Ne puis-je plus commander a mes traits,
Dissimuler la fureur qui m'enflamme,
La renfermer dans le fond de mon âme,
Et caresser ce que je hais?
Si dans mes yeux on allait lire
Ma honte et mes secrets ennuis!..
Voyons, essayons de sourire...
(Avec violence.)
Je ne le puis!

AIR.

Quel outrage! orgueilleuse femme!
Toi, rivale de Sélomir!
Puissé-je verser dans ton âme
Le poison qui me fait mourir!
Le traître me préfère
Une obscure étrangère,
Et bravant ma colère,
Forme un lien nouveau.
A l'autel l'infidèle
De tous ses vœux l'appelle...
Qu'a-t-elle donc pour elle?
Une lyre, un pinceau!
Quel outrage! orgueilleuse femme, etc.
Va, ne crois pas que je t'envie
Le lâche amant qui pour toi s'humilie;
Je le méprise, et de ma jalousie
Je ne veux point vous honorer tous deux.

Allez, que votre hymen s'apprête,
Sélomir va serrer vos nœuds...
Entendez-vous?... voici la fête...
La foule inonde le palais...
Venez, venez, qui vous arrête?

(Avec fureur.)

Marchons... suivez-moi... Non, jamais!
Quel outrage! orgueilleuse femme!
Toi, rivale de Sélomir!
Puissé-je verser dans ton âme
Le poison qui me fait mourir!

TOUKOUSOF, à part.

Ses traits sont altérés par la colère... j'ai peine à la reconnaître... Evitons-la... (*Il cherche à sortir sans être vu.*)

SELOMIR.

Je ne puis dominer mes sombres pensées... je sens qu'elles sont écrites sur mon front... Si quelqu'objet venait me distraire. (*Apercevant Toukousof et se retournant de son côté avec un visage riant.*) Ah! c'est toi, mon ami... approche.

TOUKOUSOF, étonné.

Princesse, je...

SELOMIR.

Pauvre Toukousof!... je ne t'ai pas vu depuis mon retour au château. (*A part.*) C'est bien!... je suis contente de moi.

TOUKOUSOF, à part. la regardant.

C'est tout un autre visage que tout-à-l'heure.

SELOMIR.

Eh bien, tes apprêts ne seront pas perdus... et cette jeune Française... (*A part.*) je crois qu'à présent je puis rentrer dans les salons..... (*Haut.*) Comment la trouves-tu?

TOUKOUSOF.

Ma foi!.. elle ne déparerait pas ce domaine.

SELOMIR, à part.

Jusqu'à lui qui la croit belle.

TOUKOUSOF, avec un air mystérieux et important.

Elle est changée à son avantage depuis seize ans,...

SELOMIR.

Que veux-tu dire?

TOUKOUSOF.

Oui, depuis l'époque où, esclave de l'oncle de monseigneur, elle fut prêtée à madame Darminville... c'était en...

SELOMIR.

Qu'entends-je!.. elle! esclave du comte!.. en es-tu bien certain?

TOUKOUSOF.

Tout cela est sur mes registres... j'ai la reconnaissance signée de madame Darminville.

SELOMIR, à part.

O ciel! tout est perdu..... si le comte sait que Danilowa lui appartient...

TOUKOUSOF, à part, la regardant.

Voilà encore un autre visage.

SELOMIR.

Garde le silence.. je te l'ordonne sur ta tête... viens... (*A part.*) Je serai vengée. (*Elle va pour sortir à droite du théâtre.*)

SCÈNE XII.

Les mêmes, DELMAR. (*Il entre de la droite du théâtre.*)

DELMAR, entrant.

Tout ira à merveille... cette petite Eliska a un esprit... (*Apercevant Sélomir et la saluant.*) Princesse...

SELOMIR, avec beaucoup de grâce.

Ah! c'est vous, M. Delmar; je suis sûre que vous venez de vous occuper de nos plaisirs... Danilowa n'aura pas lieu de regretter l'absence de l'impératrice.

DELMAR, à part.

Du dépit! (*Haut.*) Pardonnez moi, madame; car elle aurait peut-être appris de la bouche de sa majesté le succès de la demande qu'elle a faite en votre faveur.

SELOMIR, avec une brusquerie mal retenue.

Adieu... (*Reprenant un visage riant.*) Ou plutôt sans adieu, M. Delmar... Je m'intéresse à votre fête, et j'espère contribuer à son éclat en y jetant du mouvement, et de la variété. (*A Toukousof.*) Suis-moi. (*Elle sort à droite.*)

SCÈNE XIII.

DELMAR, seul, ensuite ELISKA.

DELMAR, imitant Sélomir et brusquement.

Adieu!... (*Prenant un ton doucereux.*) Sans adieu... il y a deux femmes là-dedans; ou pour mieux dire, c'est une femme... Ma foi, quand elle aurait un peu d'humeur, la confidence du comte... Ah! c'est vous, charmante Eliska?

ELISKA.

Oui, M. Delmar... je cherche Danilowa... voici une lettre... une lettre de l'impératrice pour elle...

DELMAR.

Je devine ce qu'elle contient... Ma foi, ce sera pour la princesse un assez beau présent de noce, de la part de sa nouvelle cousine.

ELISKA.

Un présent de noce!

DELMAR.

Oui, et même au besoin, nous nous en ferions une arme... mais Danilowa, si bonne, si confiante... sa délicatesse lui permettra-t-elle?... Remettez-moi cette lettre, laissez-moi choisir le moment. Vous-même, cela vous intéresse peut-être plus que vous ne pensez.

ELISKA.

Moi!

DELMAR.

Vous allez voir... c'est une espèce de ricochet... la princesse, qui a plus d'ambition que d'amour, se laisse déterminer par le titre qu'on lui accorde dans cette lettre à renoncer à la main de son cousin... Le comte qui a plus d'amour que d'ambition, épouse Danilowa; et moi, qui n'ai ni ambition...

ELISKA, avec inquiétude.

Ni amour?...

DELMAR, avec grâce.

Non!... ni préjugés... je retrouve ma liberté... plus d'engagemens antérieurs... de passion, de réminiscence, et alors...

ELISKA.

Alors ?...

DELMAR.

Ah, mon Dieu!... déjà la fête... c'est désolant! j'avais mille jolies choses à vous dire.

ELISKA, avec naïveté.

Gardez-les moi.

SCÈNE XIV.

DELMAR, ELISKA, DANILOWA, Seigneurs et dames de la cour invités à la fête.

CHŒUR.

O plaisir! ô merveille!
Tout dans ce séjour
Charme tour-à-tour
Et les yeux et l'oreille.
Tout semble vraiment
Un enchantement.

DELMAR, à Danilowa, lui donnant la main.

Belle Danilowa, venez régner ici ;
Acceptez un hommage offert par mon ami.

(Parlé à part.)

Eh bien!... où diable est-il?... j'aimerais mieux mener un régiment à l'assaut, qu'un Tartare au bal.

CHŒUR.

O plaisir! ô merveille, etc.

Pendant la reprise du chœur, de riches lustres brillans de clarté s'avancent entre les colonnes et sous les portiques. Les vitraux s'ouvrent, l'on voit en transparent le nom de Danilowa et celui de Darminville, entourés de guirlandes. On aperçoit le jardin illuminé.

SCÈNE XV.

Les précédens, LE COMTE.

LE COMTE, entrant vivement.

Félicite-moi, mon ami : le procès est annullé, je suis libre.

DELMAR.

Cette liberté-là t'aura coûté cher.

LE COMTE.

Elle m'eût demandé toute ma fortune...(*A Danilowa.*) Venez, charmante Danilowa, venez recevoir les hommages qui vous sont dus. Levez les yeux... voyez ce qui vous entoure.

DANILOWA.

O ciel : mon nom !... celui de ma bienfaitrice. (*Elle relève la tête avec une sorte de fierté, et se cachant ensuite le visage avec les mains, elle dit à part :*) Mon Dieu! est-ce à moi d'avoir de l'orgueil ?

DELMAR.

Savez-vous, madame, que vous allez trouver des ambitieux ?

DANILOWA.

Comment ?

DELMAR.

Votre voix est si touchante... cette belle main, glissant sur les cordes d'une lyre, offre un coup d'œil si enchanteur...

DANILOWA.

De grâce... dispensez-moi...

DELMAR.

Un refus !... ce serait impolitique. Les talens sont une puissance, et un souverain ne doit faire que des heureux...

DANILOWA.

Eh bien !... je chanterai... je m'accompagnerai... (*A part.*) Encore ce dernier effort !

(*Delmar, pendant le chœur suivant, conduit Danilowa prés du trône préparé pour l'impératrice et lui remet une lyre.*)

MORCEAU D'ENSEMBLE.

CHŒUR.

Amis, prêtons une oreille attentive*
A ses délicieux accens.
Sa douce voix, qui séduit et captive,
De plaisir enivre les sens.

DANILOWA, s'accompagnant de la lyre : elle a un pied sur une marche du trône.

PREMIER COUPLET.

Par le sort Olga soumise
Aux lois d'un maitre puissant,
A l'ombre d'un saule assise,
    Chantait en pleurant :
O mes compagnes chéries,
Jeunes serves du boyard,
Quand il parcourt nos prairies,
    Fuyez son regard.

DEUXIÈME COUPLET.

On braverait sa colère,
S'il ne savait qu'opprimer.
Hélas! craignez de lui plaire,
    Surtout de l'aimer.
Infidèle à sa promesse,
Il vous oublirait plus tard.
Oui, l'on meurt de sa tendresse,
    Fuyez son regard.

(Elle rend la lyre au comte.)

DELMAR.

Vous, maintenant, jeune Eliska,
Daignez exaucer ma prière;
Chacun ici voudrait déjà
Entendre votre voix légère.

ELISKA.

Ah! j'obéis, si mon amie
Avec moi consent à chanter
Un air de sa belle patrie,
Qu'elle m'apprit à répéter.

* Position de la scène pour le morceau : DELMAR, ELISKA, DANILOWA,
LE COMTE.

DANILOWA.

Eh bien !... (*A part.*) je n'ose résister !

ELISKA ET DANILOWA.

Sous le beau ciel de la Provence,
Heureux qui choisit son séjour !
Doux pays des chants, de la danse,
Où s'exhale un parfum d'amour.

    Bergères coquettes,
    Gentilles toilettes,
    Tendres amourettes,
    Gai tambourin.
    Là, tout est merveille,
    Tout séduit, éveille
    Les yeux et l'oreille ;
    Soir et matin
    Renaît sans fin
    Même refrain :

Sous le beau ciel, etc.

Les arts y tressent leur couronne.
Là, point d'esclaves, de tyrans ;
La liberté que le ciel donne
Est le plus beau de ses présens.
Sous le beau ciel, etc.

SCÈNE XVI.

Les précédens, SELOMIR, (*Elle entre du milieu.*)
TOUKOUSOF[*].

SELOMIR, s'avançant au milieu des danses et regardant autour d'elle.

Charmant ! délicieux ! adorable ! (*A Delmar, avec gaîté.*)
Ne sont-ce pas là les expressions dont vous vous servez
à Paris ?... Vous voyez que je fais à votre école autant et
peut-être plus de progrès que M. le comte. (*S'approchant
de Danilowa.*) Eh bien ! jeune reine... êtes-vous insensible aux hommages empressés de vos sujets ?... Pourquoi
ce front, sur lequel nous posons la couronne des arts, est-
il chargé de nuages ? Attendez-vous qu'un noble comte y
joigne la couronne nuptiale ?

* Toukousof, Delmar, Sélomir, le Comte, Danilowa, Éliska.

LE COMTE, *se contenant à peine.*

Madame...

SELOMIR.

Et faut-il, pour vous voir sourire, qu'on attache à votre côté le bouquet de la mariée?

LE COMTE, *avec violence.*

Vous n'avez pas le droit de tenir ce langage; et j'ai celui de disposer de ma main. Je la lui offre. Oui, si son cœur est libre, si elle consent à faire mon bonheur, demain je serai son époux. (*Voulant entraîner Danilowa.*) Venez, madame.

SELOMIR.

Non... qu'elle reste.

LE COMTE.

Quoi! vous osez?...

SELOMIR.

Qu'elle reste; je le veux... (*L'orchestre accompagne les paroles suivantes.*) Ce domaine est à moi; vous venez de me le céder par un acte formel. Il y a seize ans, une esclave fut prêtée à une dame française... c'était aussi pour une fête... Elle fut prêtée par l'oncle dont vous avez hérité. J'ai la reconnaissance signée... d'Hortense Darminville: Oui, c'est son élève, c'est Danilowa que je réclame*... (*Posant la main sur l'épaule de Danilowa.*) Comte, cette femme m'appartient... elle est mon esclave!

FINAL.

LE COMTE, DELMAR, ET LE CHŒUR.

Quelle terreur soudaine,

Je ne puis respirer;

A sa mortelle haine

Faut-il donc la livrer?

DANILOWA.

Quelle terreur soudaine!

Je ne puis respirer;

A sa mortelle haine.

Le sort va me livrer.

SELOMIR.

Maintenant de sa peine

Mon cœur peut s'énivrer,

Le destin à ma haine

Vient enfin la livrer.

ENSEMBLE.

* Elle passe devant le comte et se place près de Danilowa.

TOUKOUSOF.

Je me ris de leur haine,
Il faut les séparer.
Leur résistance est vaine,
On va me la livrer.

DANILOWA.

Ah! je me meurs!

LE COMTE ET DELMAR.*

Femme barbare!

ÉLISKA.

Danilowa!

SÉLOMIR.

Qu'on les sépare!

LE CHŒUR.

O jour d'horreur!
Affreux malheur!
Quel sort pour elle se prépare!

SÉLOMIR.

Enfin pour moi le destin se déclare.
Et je me ris de leur vaine fureur.

TOUKOUSOF.

Pour elle enfin le destin se déclare,
Et je la sers aujourd'hui de grand cœur.

DANILOWA.

Ah! je succombe à ce destin barbare,
Et chaque instant redouble ma terreur.

LE COMTE.

Danilowa! quel destin nous sépare!
C'est mon amour qui cause ton malheur.

DELMAR, ÉLISKA, ET UNE PARTIE DU CHŒUR.

De tes amis quand le sort te sépare,
Danilowa, tu conserves leur cœur.

ENSEMBLE.

* Toukousof, Sélomir, Delmar, le Comte, Danilowa, Éliska.

L'AUTRE PARTIE DU CHOEUR.

Fuyons, éloignons-nous de ce séjour d'horreur.

UNE PARTIE DES FEMMES DE LA COUR.

Une esclave!... C'est une horreur!

DELMAR, LE COMTE, ÉLISKA

De tes amis quand le sort te sépare,
Danilowa, tu conserves leur cœur.

Toukeanef, qui a été chercher quatre mougicks, s'avance vers Danilowa; elle s'évanouit dans les bras d'Éliska, et tombe sur les marches du trône. Éliska s'attache à elle; le comte furieux, est contenu par Delmar.

La toile tombe sur ce tableau.

FIN DU DEUXIÈME ACTE.

ACTE TROISIÈME.

Le théâtre représente une serre élégante * garnie d'arbres exotiques, plantés dans des caisses dorées. A gauche du théâtre, une table sur laquelle se trouve un luth; un siège est placé près de cette table. Au fond, à travers la serre, on découvre les jardins.

SCÈNE PREMIÈRE.

TOUKOUSOF, seul.

Tout va bien ! cette bonne princesse est furieuse !.. et je profiterai de cela pour faire rétablir les anciens usages... même quand on devrait commencer par moi... je trouverais toujours bien le moyen de placer ce que j'aurais reçu... c'est très-essentiel... car hélas !..

COUPLETS.

Tout dégénère, et de la France
Les modes pénètrent chez nous.
Abdiquant toute leur puissance,
Nos boyards sont devenus doux.
Hélas ! voyez où nous en sommes !
J'entends dire dans le pays :
Que *les esclaves sont des hommes !*
Ce propos-là vient de Paris.

Nos jeunes gens, avec les belles
Tranchent du léger Parisien.
Ils affectent d'être infidèles

*Dans les théâtres des départemens, où l'on ne voudrait pas faire la dépense d'une décoration aussi riche que celle de l'Opéra-Comique, on pourrait jouer cet acte dans l'intérieur d'un pavillon, dont le fond ouvrirait sur les jardins.

Ce que, je crois, on leur rend bien.
A présent, c'est le tour des dames.
Et l'on voit ici des maris
Renoncer à battre leurs femmes.
Cet abus-là vient de Paris.

SCÈNE II.

ÉLISKA, TOUKOUSOF.

ELISKA, entrant par le fond après avoir regardé dans les jardins. (A part.)

M. Delmar ne revient pas... que faire? ce qu'il m'a dit hier de cette lettre.. si c'était un moyen de sauver mon amie....

TOUKOUSOF.

Que cherchez-vous, jeune fille?

ELISKA.

Hélas! on me refuse l'entrée du château.

TOUKOUSOF.

Sans doute; j'ai des ordres. Il faut se tenir en garde contre les tentatives d'évasion, de surprise; et il m'est expressément défendu de laisser pénétrer personne plus loin que dans ce pavillon.

ELISKA.

Que craignez-vous de moi? Si je pouvais voir Danilowa, ne fût-ce qu'un instant!...

TOUKOUSOF.

C'est cela..... pour lui porter quelque message d'amour.

ELISKA.

Pauvre amie! reléguée dans cet affreux isolement, sans qu'aucune consolation puisse arriver jusqu'à elle.

TOUKOUSOF.

Plaignez-la donc... quand la princesse vient de faire un passedroit en sa faveur.

ELISKA.

Comment?

TOUKOUSOF.

Oui..... ne l'a-t-elle pas désignée, entre toutes les serves, pour être ce matin de service auprès de sa personne?

ELISKA.

Ciel! un tel affront! Elle, habituée à tant d'hommages! Ah! que ne suis-je à sa place!

TOUKOUSOF.

Écoutez : je pourrai peut-être vous faire plaisir..... je vais examiner si l'acte de votre affranchissement est bien dans les formes; et, pour peu qu'il s'y soit glissé quelques nullités, je vous reprends, et vous êtes esclave... j'espère que vous serez contente de moi. (*Il sort.*)

ELISKA.

Ah! pourvu que je ne sois pas séparée de ma bienfaitrice!

SCÈNE III.

LE COMTE, ÉLISKA, TOUKOUSOF.

LE COMTE, entrant par le fond, à Toukousof qui remonte la scène.

Mougick, va trouver ta maîtresse... dis-lui qu'il faut qu'elle m'accorde un entretien à l'instant... oui, à l'instant même.

TOUKOUSOF, au fond du théâtre.

Mais, monseigneur, elle a déclaré qu'elle ne voulait recevoir que M. Delmar.

LE COMTE.

Obéis... ou crains ma colère.

TOUKOUSOF.

J'y vais... j'y vais... (*A part, redescendant à la gauche du théâtre.*) A la bonne heure, il menace au moins..... C'est dommage qu'il ne fasse le maître que depuis qu'il ne l'est plus. (*Il sort par une porte à droite qui conduit dans l'intérieur du château.*)

SCÈNE IV.

LE COMTE, ÉLISKA.

ÉLISKA.

Quoi! monseigneur, vous n'avez pas quitté ce lieu? Hélas! tous ces amis qui flattaient hier Danilowa, ils la dédaignent maintenant... et vous seul...

LE COMTE.

L'infortunée! quelle épreuve pour elle! quel tableau vient de frapper mes regards!

ÉLISKA.

Vous l'auriez vue?

LE COMTE.

J'avais erré toute la nuit autour de ces jardins, l'œil fixé sur l'humble réduit où elle est condamnée à gémir; enfin, au point du jour d'une hauteur voisine du château, j'ai cru reconnaître... oui... c'était bien elle... immobile près d'une fenêtre, abattue, la tête penchée, dans l'attitude d'une sombre mélancolie, d'une résignation plus effrayante que le désespoir... non, si nous ne pouvons l'arracher à cette destinée, elle n'y survivra pas...Et c'est moi qui serai la cause de sa mort; sans moi, sans mon fatal amour, elle vivrait libre, heureuse, environnée de gloire... Ah! depuis que cette idée s'est emparée de moi, mille projets sinistres roulent dans mon esprit, et je ne sais à quelle violence...

ÉLISKA.

Gardez-vous en bien... Voulez-vous risquer d'ajouter à ses malheurs en irritant son ennemie?

DELMAR, au fond du théâtre, à la cantonade.

Dans ce pavillon? Il suffit.

ÉLISKA.

M. Delmar!

LE COMTE.

Puisse-t-il avoir réussi dans ses démarches!

SCÈNE V.

LE COMTE, DELMAR, ÉLISKA.

DELMAR, entrant par le fond.

Mes amis, je vous cherchais.

LE COMTE.

J'ose à peine t'interroger.

DELMAR.

J'arrive de Saint-Pétersbourg ; j'ai vu l'ambassadeur de France.

ÉLISKA.

Eh bien?

DELMAR.

Il m'a dit que toute intervention était inutile ; qu'il était malheureux que Danilowa, plus ambitieuse, n'eût pas songé à obtenir de la cour une faveur, qui, plus tard, l'aurait mise à l'abri de la réclamation de son ennemie ; mais qu'à présent qu'elle est reconnue *esclave*, que les preuves en sont incontestables, la czarine ne peut la rendre libre, sans attenter à des droits que les boyards ne se laisseraient pas enlever.

RÉCITATIF.

LE COMTE.

C'en est donc fait, nous n'avons plus d'espoir.

ÉLISKA.

Cruel destin! ne jamais la revoir!

TOUS TROIS.

Eh quoi! nul appui sur la terre!
Aucun moyen de satisfaire
L'honneur, l'amitié, le devoir.

TRIO.

Grand Dieu! j'invoque ta puissance :
Ne souffre pas que l'innocence
Succombe sous d'indignes coups.
Soutiens notre faible courage,
Et dans le cours de cet orage
Que ta bonté veille sur nous.

SCÈNE VI.

Les mêmes, TOUKOUSOF.

TOUKOUSOF, *descendant à droite.*

Ma maîtresse me charge de dire à monsieur le Comte, qu'elle va se rendre auprès de lui. C'est ce pavillon qu'elle a choisi pour y recevoir ses visites du matin.

LE COMTE.

Delmar, éloigne-toi... emmène cette jeune fille.

DELMAR.

Que veux-tu faire? avec tes emportemens, ta brusquerie...

LE COMTE

Ah! je serai maître de moi... je t'en réponds; mais laisse-moi tenter un dernier effort.

DELMAR.

Tu le veux... Eh bien!...

Il va pour sortir en emmenant Eliska.

ELISKA.

Je vous suis, M. Delmar; mais quoi qu'il arrive, promettez-moi de ne pas abandonner Danilowa.

DELMAR.

Moi, l'abandonner, à présent qu'elle est malheureuse! non, non... ne le craignez pas... ce ne serait plus là de la légèreté française. Nous oublions quelquefois, mais nous ne trahissons jamais.

(Il sort avec Eliska par une porte à gauche.)

SCÈNE VII.

LE COMTE, SÉLOMIR, TOUKOUSOF.

SÉLOMIR, *dans un riche négligé, arrivant par la droite, à part.*

Le parjure!.. enfin!.. (*A Toukousof.*) Écoute, mougick... (*Elle lui parle bas à l'oreille.*) Va... hâte-toi... que je sois obéie au moindre signe. Songe que je sais récompenser... (*Avec expression.*) Et punir!

TOUKOUSOF.

Princesse!.. (*A part.*) Et punir!.. Nous y voilà!
Quelle douceur de s'entendre parler ainsi.

Il sort par la droite.

SELOMIR, descendant à gauche.

C'est vous, comte!.. Je ne m'attendais guère ce matin
à votre visite... J'avais même annoncé que je ne voulais
recevoir que M. Delmar... Mais un cousin.. l'ancien
maître de ce château... je suis ravie de vous voir.

LE COMTE.

Quittez ce langage; il ne me trompera plus..... Hier
vous vous êtes fait connaître.

SELOMIR.

Eh quoi!... pouvais-je aux yeux des plus grands seigneurs de la cour, vous laisser épouser une de mes esclaves?.. Allons, rendez-moi justice... reconnaissez que
j'ai sauvé votre honneur, le mien, celui de notre illustre maison.

LE COMTE, se contenant à peine.

Madame...

SELOMIR.

Encore une fois revenez à vous-même, et quand on vous
donne une preuve de l'attachement qu'on a pour vous, ne
me laissez pas la crainte de n'avoir servi qu'un ingrat.

RÉCITATIF

LE COMTE.

Si vous voulez à ma reconnaissance
Avoir bientôt les titres les plus doux;
Ah! croyez-moi, joignez la bienfaisance
Aux charmes qu'on admire en vous.

AIR *.

Soyez sensible et généreuse,
Que Danilowa soit heureuse!...

---

* En écoutant cet air, les actrices chargées du rôle de Sélomir, doivent
s'éloigner avec colère, s'asseoir dédaigneusement, exprimer tour-à-tour l'i-

Brisez d'indignes fers; abjurez vos rigueurs

Si vous voulez que l'on vous aime

Sachez triompher de vous-même:

La beauté parle aux yeux, la bonté parle aux cœurs

Ah! par pitié, je vous implore!

Vous me voyez à vos genoux :

Sélomir! je suis riche encore;

Mes nombreux trésors sont à vous.

Oui, pour sa rançon, je vous donne

Tout ce qui peut flatter la vanité.

Qu'elle soit affranchie, et qu'elle m'abandonne

Je ne veux que sa liberté.

Par pitié je vous implore

Vous me voyez à vos genoux.

(Il fléchit le genou devant Sélomir qui fait un signe de la main vers la droite du théâtre presque au même instant Danilowa paraît en habit d'esclave.)

SCÈNE VIII.

LE COMTE, DANILOWA, au fond, SELOMIR, assise près de la table.

LE COMTE. qui a vu le geste de Sélomir, se relève.

Eh quoi! trompez-vous mon attente?

Repoussez-vous le seul vœu de mon cœur?

SÉLOMIR, à Danilowa.

Esclave, prends ce luth, et chante

Pour distraire à mes pieds ton noble protecteur.

LE COMTE.

Dieu! Danilowa!... la cruelle!

SELOMIR.

Cette voix si tendre et si belle

Va porter le calme en vos sens.

(à Danilowa.)

Obéis.

ronie et la haine. Elles ne sauraient trop imiter l'admirable pantomime de madame Lemonnier qui, dans cette scène, s'est montrée aussi grande comédienne par son jeu muet, que dans tout le reste du rôle par l'énergie et la variété de sa diction.

LE COMTE.

Non... Je le défends.

(Il arrache le luth des mains de Sélomir et le brise.)*

SÉLOMIR.

Vous oubliez qu'ici je suis maîtresse.

LE COMTE.

Vous oubliez ce qu'on doit au malheur.

SÉLOMIR.

Tant d'audace me blesse,

Redoutez ma fureur.

LE COMTE.

Un trouble affreux m'oppresse

ENSEMBLE.
Et remplit tout mon cœur.

DANILOWA.

Dieu ! soutiens ma faiblesse,

Apaise sa fureur.

DANILOWA, avec dignité au comte.

Calmez-vous, je vous en supplie,

Je puis supporter ce revers.

Je ne me sens pas avilie,

Mon cœur est libre dans les fers.

SÉLOMIR.

Tant d'audace me blesse

Redoutez ma fureur.

LE COMTE.

Grand Dieu ! de sa jeunesse.

ENSEMBLE.
Soyez le protecteur.

DANILOWA.

Dieu ! soutiens ma faiblesse

Et calme sa fureur.

SÉLOMIR, à Danilowa avec la plus grande violence.

Va-t'en , va-t'en.

LE COMTE.

Je saurai la défendre.

* Le Comte, Sélomir, Danilowa.

SCÈNE IX.

Les mêmes, DELMAR, ÉLISKA, arrivant par la porte
à gauche.

DELMAR, ELISKA.

Quel bruit se fait entendre?
Par la fureur leurs traits sont altérés.

SELOMIR, hors d'elle-même.

Va-t'en! va-t'en!

DELMAR froidement, prenant la main de Danilowa.

Non, demeurez*.

Reprise de l'ensemble.

ENSEMBLE.

SELOMIR.

Tant d'audace me blesse
Redoutez ma fureur.

LE COMTE.

Un trouble affreux m'oppresse,
Et remplit tout mon cœur.

DANILOWA.

Dieu! soutiens ma faiblesse,
Apaise sa fureur.

DELMAR, ELISKA.

Quel trouble affreux l'oppresse?
Et remplit tout son cœur.

SELOMIR, à Delmar.

Monsieur... est-ce ainsi que vous vous présentez chez
moi, pour y braver mes ordres? Vous qui prétendez ensei-
gner aux autres l'urbanité...

DELMAR.

Je vois que cette leçon serait plus facile que celle de la
générosité, madame. Mais veuillez m'entendre : indiffé-
rente à nos prières, le serez-vous à nos offres? Ce titre
de première dame d'honneur de l'impératrice, l'objet de
votre ambition, et pour lequel vous aviez sollicité le crédit
de Danilowa, s'il avait été accordé à ses instances, si la
promesse en était arrivée hier soir!..(*Mouvement général.*)

DANILOWA.

La czarine aurait daigné !...

* Delmar, le Comte, Sélomir, Danilowa, Eliska.

DELMAR.

Oui, madame, hier, pendant la fête, à l'heure même où
vous vous prépariez à lui porter le coup le plus cruel.
Voici le message de sa majesté.

LE COMTE, vivement.

Songez qu'elle ne ratifiera point cet acte, si la liberté
n'est rendue à sa protégée.

SELOMIR.

Et que m'importe à présent une dignité qui ne servirait
qu'à rendre plus éclatant mon outrage, et le triomphe
de ma rivale? J'ai été dédaignée, trahie... gardez vos fa-
veurs de cour... moi, je garde mon esclave.

DANILOWA.

Je subirai mon sort.

DELMAR.

Tu l'entends, Woronski, c'est maintenant qu'il faut af-
fermir ton courage... (à Sélomir) Madame... renoncez-
vous à tout droit sur Danilowa, si elle consent à me donner sa main?

LE COMTE, à part.

Que dit-il?

DANILOWA.

Que proposez-vous?

SELOMIR.

Eh bien! soit, je la rends maîtresse de sa destinée.*(Déjà
mes ordres étaient donnés; dans une heure, un traîneau
l'emportait au fond de mon domaine de Taganrock, mais
je ne veux point sa perte,) et la chapelle de ce château va
vous recevoir pour y être unis à jamais.

LE COMTE.

Oui, Danilowa, c'en est fait, votre danger m'éclaire..
Fuyez en France, dans ce pays où les vertus et les talens
ont des protecteurs. C'est là votre véritable patrie; mes
vœux vous y suivront; soyez heureuse..

DANILOWA.

Non, je ne puis, je n'accepterai pas le dévouement d'un
ami trop généreux. Dois-je le tromper en lui portant un
cœur qui ne m'appartient plus?

---

* On passe cette phrase à la représentation.

LE COMTE.

Qu'entends-je?

SÉLOMIR.

Esclave, quand je renonçais à ma vengeance, est-ce ainsi que tu oses la défier?

DANILOWA.

La mienne, madame, c'est de vous remettre, en partant pour mon exil, le message qui me fut adressé pour vous.

LE COMTE, furieux.

Ah! du moins, vous entendrez ce témoignage de votre ingratitude. (*Il arrache la lettre des mains de Delmar, en brise le cachet et l'ouvre.*) C'est de la main de l'impératrice. (*Lisant avec une émotion toujours croissante.*)

«Ma chère Danilowa, vous m'avez demandé la place de dame d'honneur pour Sélomir; mais la czarine peut d'un mot créer cent princesses comme elle, et la nature seule fait une artiste telle que vous. C'est à vous que j'accorde ce titre.»

Il remet la lettre à Delmar, et se précipite vers Danilowa.

Danilowa, vous êtes à moi!

SÉLOMIR.

Personne ne peut me l'arracher. J'ai le droit de la disputer à l'impératrice elle-même.

DELMAR, très-vivement

Cette lettre est datée d'hier matin. Danilowa était enoblie, appelée à la cour, avant que vous l'eussiez réclamée comme votre esclave... Elle ne vous appartient plus.

FINAL.

SÉLOMIR*.

(Au comte.)

Il est trop vrai! reprenez ce domaine.

Cette esclave seule à mes yeux,

Le rendait précieux.

*Pendant que Sélomir chante, les mougiks et les serves se répandent au fond du théâtre.

D'un tel hymen formez la noble chaine,
Fouler aux pieds l'honneur de nos ayeux.

(à Danilowa en passant auprès d'elle.)

Et vous, madame,
Vous que la cour réclame,
De cette cour, qui nous connaît,
N'excitons pas les railleries,
Et, comme hier ma voix le proposait,
En public nous serons amies,
Nous nous haïrons en secret.

(Elle sort par le fond.)

ÉLISKA, DELMAR, LE CHŒUR.

Tu peux braver son impuissante haine,
Danilowa, reste libre en ces lieux.

LE COMTE.

Va, ne crains rien de sa jalouse haine,
Je puis t'offrir et mon cœur et mes vœux.

DANILOWA.

Que je bénis l'auguste souveraine
Dont la faveur a prévenu mes vœux.

ENSEMBLE.

FIN.

www.ingramcontent.com/pod-product-compliance
Lightning Source LLC
Chambersburg PA
CBHW060801180626
46818CB00002B/657